王宇清——文
邱　惟——圖

彩虹谷雲怪獸系列

春日慶典的意外事件

彩虹山脈下的彩虹谷

彩虹山脈由七座山所組成。彩虹

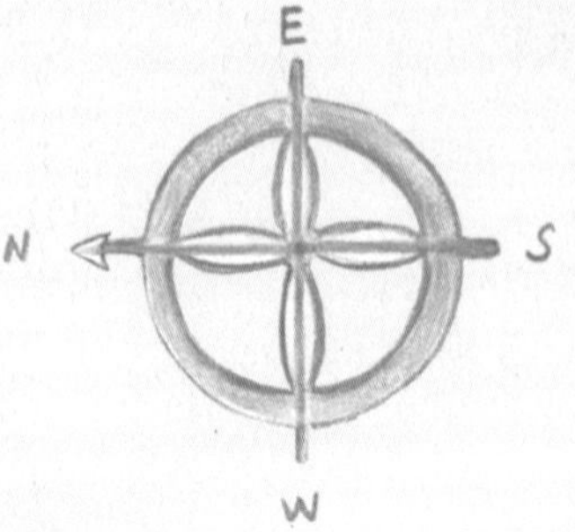

谷《ㄍㄨˇ》位《ㄨㄟˋ》於山《ㄕㄢ》脈《ㄇㄞˋ》之《ㄓ》間《ㄐㄧㄢ》，
是《ㄕˋ》一《ㄧ》個《ㄍㄜ˙》神《ㄕㄣˊ》祕《ㄇㄧˋ》的《ㄉㄜ˙》小《ㄒㄧㄠˇ》山《ㄕㄢ》
谷《ㄍㄨˇ》。

這《ㄓㄜˋ》裡《ㄌㄧˇ》居《ㄐㄩ》住《ㄓㄨˋ》著《ㄓㄜ˙》一《ㄧ》
群《ㄑㄩㄣˊ》虔《ㄑㄧㄢˊ》誠《ㄔㄥˊ》純《ㄔㄨㄣˊ》樸《ㄆㄨˊ》的《ㄉㄜ˙》彩《ㄘㄞˇ》虹《ㄏㄨㄥˊ》
谷《ㄍㄨˇ》谷《ㄍㄨˇ》民《ㄇㄧㄣˊ》。

銀耳湖

慶典廣場

紅椒山

紫菜山

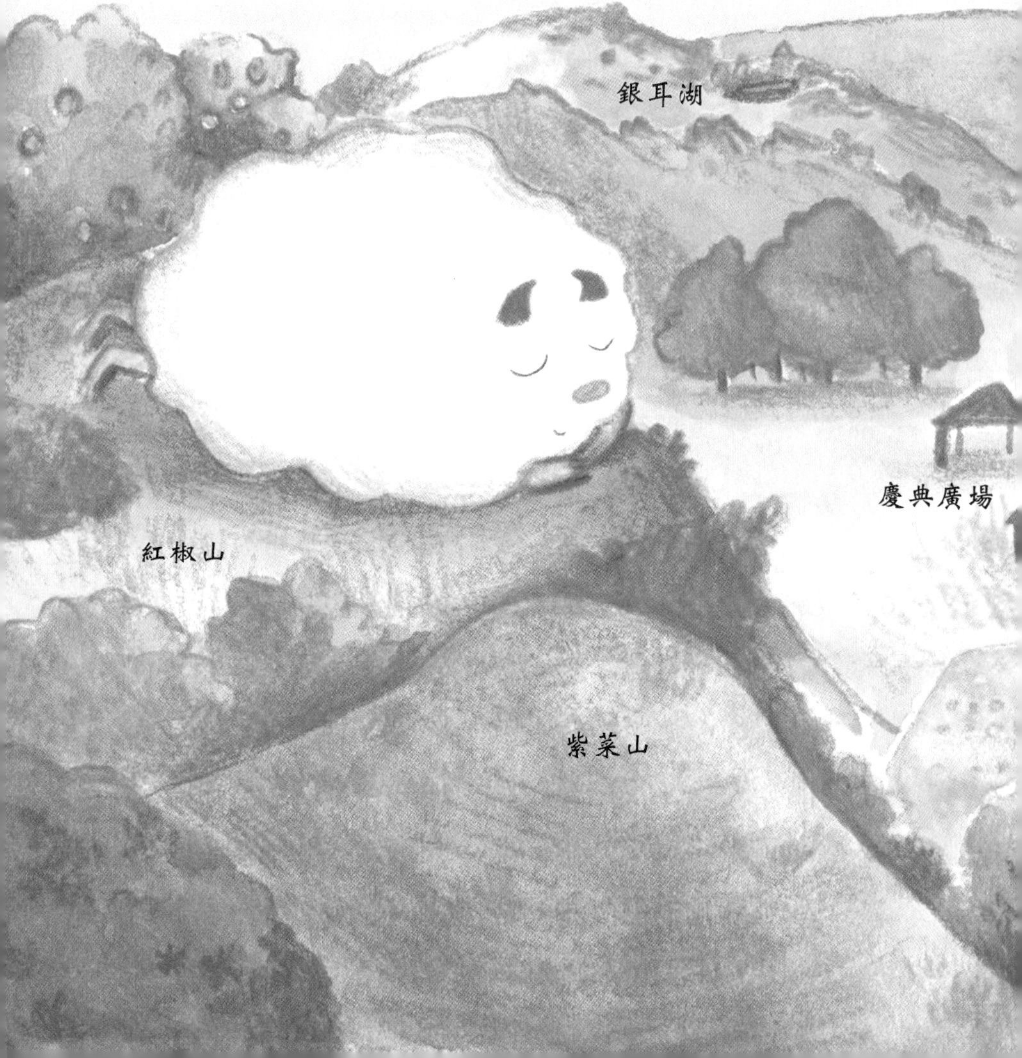

歡迎來到彩虹谷

可愛溫馨又趣味橫生的部落故事，看著書中居民如何互相幫助、分享快樂，讓人對他們的溫暖感同身受，心裡不禁流過一絲暖意。

——六十九（插畫家）

這本書是茫茫書海裡的一劑暖心針。故事玲瓏可愛，文辭優美真誠，平凡的生活小事件也能寫出豐饒新滋味，全賴於作者匠心獨具。

——亞　平（童話作家）

邀請您一起來彩虹谷，抓秋陽下的金甲蟲、聽彩虹稻浪的聲響、陪雲怪獸放風箏，感悟與萬物共情的柔軟，如溫煦的彩虹，能點亮生活。——汪仁雅（繪本小情歌版主）

多才多藝奶爸作家的七彩童話：繽紛時空、可愛角色、微妙情節、迷人幻想！彩虹谷——獻給小讀者的神奇樂土！

——林哲璋（童話作家）

彩虹谷雲怪獸系列

雖然作者聲明，並不想傳達什麼道理，但《彩虹谷的雲怪獸》確實展現出對於兒童生活的細膩觀察。它以溫柔的同理，陪幼兒把日常變成奇妙的幻想遊戲。

——周惠玲（兒童文學研究者．臺東大學兒研所兼任助理教授）

喜歡每段以溫柔筆觸記錄下來的彩虹谷谷民生活日常，以及暖暖互動的篇章。「雲怪獸，雲怪獸，你在哪裡？」看完也忍不住想抬頭找尋雲怪獸，陪我們一起探找平凡生活中的溫馨小驚喜。

——陳虹伃（插畫繪本作家）

非常可愛的兒童故事，彼此默默著想與付出，所有小事都這麼動人。雲怪獸就是童心與愛啊，我也想遇到雲怪獸！

——張英珉（文學作家）

一個個灑著魔法銀粉的怪可愛角色，一則則倘佯在自然氣息的生活故事，作者返回文學的純粹，迴映孩子明亮的眼眸和真誠的心靈。

——劉思源（童書作家）

在彩虹谷裡，美好的天氣，和善的居民，還有一隻可愛的雲怪獸，到處笑聲與驚喜，這是作者為孩子創作的天堂。

——顏志豪（兒童文學作家）

作者的話——

春天、夜晚，與暖暖火光

我非常喜歡觀察人，也喜歡思考人與人之間的關係。

這幾年，我尤其經常思考「家人」與「家」的意義。

例如：

丈夫和妻子雖是情侶，大多數時候更像是分擔工作的同事……

孩子依賴父母，而父母其實也依賴著孩子……

手足充滿競爭比較，卻又是彼此最緊密的友伴……

人和寵物經常跨越物種，給予彼此最無私的情感撫慰……

這些微妙的關係與情感，深深吸引著我。

即使在同一個屋簷下，每個人都是不同的個體。家庭生活中，其實充滿各種大大小小的麻煩、衝突與挑戰。但只要家人珍惜彼此，為彼此付出，即使爭執，終究能夠和好；遇到分岐，終究能夠同心；遭遇災厄，終究能扶持度過。

這就是真正的家人。

這些感觸，一點一滴凝聚成「彩虹谷——雲怪獸系列」故事。

而這一集的《春日慶典的意外事件》，特別獻給用心照顧孩子的媽媽。

儘管每個人的經驗不同，但每位媽媽光是把孩子生下，平安養大，就是無比辛苦的過程；每個環節，都充滿焦慮不安與挑戰。

正因為承受了那樣的辛苦，所以媽媽在孩子的眼中，是世界上最無可取代的存在；正因為承受了那樣的辛苦，媽媽才讓孩子感到溫暖安全，深深感念，深覺母愛無可比

擬的偉大。

親眼見證女性從懷孕到生產、養育孩子的過程後，我更深深體會到，媽媽和孩子之間的緊密相連，只有媽媽才會體會。

不得不說，每個孩子平安長大成人，需要上天的眷顧。

所以，媽媽也一定是最常向上天祈禱的人吧！

溫柔的媽媽，就像溫柔的春天。

我由衷對用心養育，溫柔對待孩子的媽媽，抱持最崇高的敬意。

這一集的另一個主題是「夜晚」。

夜晚似乎總隱藏著危險，卻也給人神祕浪漫的無邊想像。黑夜裡的星空，特別迷人；黑夜裡的燈火，特別溫暖，帶著希望。

小時候，在某些節日裡，我最愛和弟弟、同伴們，提著蠟燭燈籠，刻意走在特別

陰暗的小路上，總覺得有毛骨悚然的可怕，卻也有勇敢挑戰黑暗的帥氣。

露營活動的營火晚會也是童年深刻的記憶。在黑夜裡，大家圍繞著熊熊燃燒的營火，唱歌、跳舞，形成一股不可思議的氛圍，把渺小的人類和無邊的宇宙連接在一起。

這一集的故事，凝縮了我對黑夜的記憶、想像與情感。

無論讀者在故事裡讀到什麼，我都希望這是一個適合夜晚聆聽的故事。

若可以，請在睡前念孩子聽吧！

衷心期盼，你會喜歡這一次的故事。

目次

角色介紹

雲怪獸跟雲怪獸寶寶

雲怪獸是彩虹谷的守護神，雲朵是她最喜歡的食物。只要打飽嗝，就會在天空吐出彩虹。在春天時，雲怪獸成了新手媽媽，她的世界多了一個可愛又調皮搗蛋的雲怪獸寶寶。

古拉、努莎、亞比與鐵米

古拉是彩虹谷的巫醫，也是彩虹谷的精神領袖；努莎是他的溫柔的妻子，細心又有一手好廚藝；亞比與爸爸、媽媽，還有最忠心的小狗鐵米，一起住在彩虹谷。

葡吉跟爸爸—皮魯、媽媽—緹拉

因為森林野火的影響，葡吉一家搬到了彩虹谷。葡吉成為了亞比的同班同學。

魯歐

亞比的叔叔。是愛好美食的饕客，也是彩虹谷的第一吹笛手。

吉本

力氣很大、韻律感極佳的鼓手。身手敏捷的他，更是一位經驗豐富的登山好手。

莉妲

亞比的阿姨。心靈手巧的她，喜愛各種手工藝製作，更是位專業的織布藝術家。

莎卡與路力路

木工兼雕刻師。師徒倆為彩虹谷的慶典，完成了一座靈動的木雕作品。

芭芭雅

玩具布偶師。她所製作的限定版布偶，是每個參加慶典的孩子，最想要拿到的禮物。

努瑪爺爺

退休的獵人。十分熟悉山谷的各種地形。獵人的天賦與經驗，讓他習慣從蛛絲馬跡找線索。

拉那奶奶

慈愛溫柔的她，是大夥兒的溫柔後盾，是大家最喜愛的奶奶。

1

巫醫古拉的計畫

這個春天，努莎覺得丈夫格外可愛。

平時，大多因為擔心彩虹谷大小事而繃著臉的古拉，現在每天都帶著笑容，看起來有些傻氣。但努莎很喜歡這樣的古拉。

畢竟，沒有什麼比一個開朗、愛傻笑的丈夫更能讓妻子感覺放鬆了。

上次古拉這樣笑，已經是亞比出生的那一年了。再上一次，則是他們結婚的時候。回想起來，古拉大多數時候都很嚴肅呢！想到這裡，努莎不由得輕輕搖著頭笑了。

不用說也知道，古拉是為了雲怪獸生寶寶這件事情，開心得不得了。

對一位彩虹谷的巫醫來說，這的確是一件非常不得了的大事件。畢竟，古拉是彩虹谷史上第一個見證了雲怪獸寶寶的巫醫，也是首位同時服侍兩隻雲怪獸的巫醫；這是重大的責任，更是無上的榮耀。

「雲怪獸和寶寶，最近都還好嗎？」努莎對著兀自傻笑的古拉問：「她剛剛當媽媽，你可能要多注意一點。」

「不用擔心，她和寶寶看起來幸福——又快樂，胃口也好——極了。」滿心歡喜的古拉不自覺加重了語氣。他正在製作雲怪獸跟寶寶的早餐雲朵，雖然要比往常花更多的時間準備，他卻神采奕奕。

「那真是太好了！」努莎也欣慰的笑了。

雲怪獸寶寶的胃口很不錯，並不挑食。雲怪獸的胃口也很好，但是口味有些改變，最近特別偏好藍色和紫色系列的雲朵。

古拉推測，應該是當了媽媽之後自然的轉變，就像自己

和努莎一樣，為了亞比改變很多。

絕對要讓雲怪獸吃好一點，想吃什麼就盡情吃吧！

唉呀！陽光已經爬到紅椒山頂，雲怪獸和寶寶的早餐時間到了。

每天，第一道晨光打亮紅椒山頭，大小雲怪獸就會出現在天空中。

有了寶寶之後，昔日總是慵慵懶懶的雲怪獸，現在無時無刻都和寶寶一起現身。

雲怪獸寶寶飛到哪裡，雲怪獸就跟到哪裡。

大家都說，雲怪獸變得好有精神喔！一定是當了媽媽又幸福、又開心。

彩虹谷的天空，彩虹比往日更多。大大小小的彩虹不時出現，此起彼落，讓彩虹谷民的心情，也如同無垠的晴空，洋溢著幸福的色彩。

當紅椒山像寶石般閃爍著燦爛的晨光，雲怪獸和寶寶果

真準時現身了。古拉一刻不差的呈上剛剛出爐的雲朵，心滿意足的看著雲怪獸和寶寶吃早餐。

這真是一個特別的時分，可說是彩虹谷有史以來最大的大事件。

古拉沉醉的看著眼前的畫面，突然冒出一個念頭：不如為雲怪獸和寶寶以及彩虹谷，舉辦一個盛大慶典吧！

想到這裡，古拉無法自制的從帳篷急奔而出，還差點兒被地上的枯枝給絆倒。

然而他的好心情全然不受影響，仍是一路邊跑、邊傻笑。

噹！噹！噹！古拉敲響集會鐘聲，召來谷民，迫不及待想分享他的計畫。

2

生之慶典

「太棒了，我也正想提議哪！」

「我也是！」

「了不起的古拉！」

「古拉！古拉！」

一說出口，古拉的想法立刻獲得所有谷民的熱烈回響，一致同意舉辦一個熱熱鬧鬧的慶典。

彩虹谷的春天，滿是春芽迸發的新鮮氣息。

七座不同色彩的山上，有不同的花朵綻放，不同的蟲鳴

鳥唱；甚至連每一座山上拂進彩虹谷的春風，都有各自獨特的芬芳，讓人覺得呼吸裡都有美麗的顏色。

剛剛告別寒冷冬季，迎來春天氣息的彩虹谷，立刻因為將要來臨的慶典，氣氛一下子熱鬧蒸騰起來，反而有些像是夏天提早來臨了。

慶典向來代表著豐盛的美食、悠揚的音樂、趣味的活動，別說是小孩子了，就連大人也像小朋友般興奮雀躍，慶典幾乎成了谷民之間談論的唯一話題。

孩子們的心裡，除了即將來臨的慶典，再也裝不下任何

東西。每每想到有吃、有玩，還有各種歡樂的節目，也不管是在上課、吃飯還是上廁所，總不時有孩子興奮得忘情高聲呼喊，讓大人哭笑不得。

幸好這是難得的慶典，沒有人會責罵孩子心不在焉，和突如其來的大叫。孩子們的歡呼聲像是歡樂的泡泡，此起彼落的從彩虹谷的每個角落突然冒出，這正是迎接歡樂慶典的最好氣氛。

葡吉恐怕是所有孩子中最期待的一個。從暖暖森林搬來的他，第一次參加彩虹谷的歡樂慶典。

他聽亞比描述慶典上的美食：以綠茶山上的泡泡茶樹嫩芽和初春融雪泡製的清涼氣泡茶飲；用首批收成的黃金小米搗成的彈跳麻糬；還有採擷自紅、橙、黃、綠、藍、靛、紫七座山上的七彩野菜，酥炸而成的春之彩虹時蔬；利用銀耳湖水和各式新鮮水果凝成的透心涼果凍。

當然，還有彩虹谷傳統，也就是婦女生寶寶時一定會有的慶祝點心——三色花蜜蛋糕。聽說，那是從浪花草原上長著紅橘黃三色花瓣的花朵，採集而來的三色花蜜烘焙而成，象徵陽光的能量，可以同時吃到好幾個層次、不同口感……

想到這些美食，貪吃的葡吉好幾次被滿溢的口水噎到。

除了開心，所有的谷民都摩拳擦掌投入慶典的準備工作。

村裡第一吹笛手——亞比的叔叔魯歐，他悠揚的笛聲，是每次慶典活動必不可少的音樂。當魯歐的笛聲一響起，現場聽眾身上的每個細胞都會跟著搖擺。

如果說，魯歐的笛聲為慶典帶來靈魂，吉本的擊鼓則是慶典的心跳。力氣很大的吉本，打起鼓來強勁又富有律動感，每一擊都充滿能量。

兩個樂手合體，慶典絕無冷場。

手巧的織布師傅莉妲，負責縫製各式飾品布料。除了把慶典會場妝點得美不勝收，也要讓參與的谷民都穿上朝氣蓬

勃的新衣。

木工兼雕刻師傅莎卡和她的徒弟路力路，正忙著雕刻雲怪獸和雲怪獸寶寶的巨型雕像，一面還要為這次的慶典打造一個全新的舞臺，讓大家表演的時候，更加舒適盡興。

亞比正和玩具布偶師芭芭雅一起縫製慶典活動限定版的

雲怪獸寶寶布偶。雲怪獸寶寶從嘴巴吐出小彩虹的神態，超級可愛，村裡每個孩子都能擁有一隻。

儘管臉上掛滿了汗水，卻沒聽到任何抱怨。更何況，汗水一下子就被涼爽的春風和快樂的心情吹散、蒸發了。

古拉仍舊是最忙碌的一個。他一心一意想要給雲怪獸、雲怪獸寶寶和彩虹谷的所有谷民，一個完美難忘的盛大慶典。

除了負責規畫整場慶典、張羅大小事情，古拉還要適時為雲怪獸和寶寶準備好吃的雲朵。他甚至好幾個晚上熬夜，寫了全新的頌歌。

這次的頌歌加入了彩虹谷的孩子一起合唱，代表生命的喜悅以及對健康平安的祈願。

創作頌歌的過程出奇順利，曲子就如同吹拂過山谷的春

風般，溫柔卻充滿了生命力。

寫歌的時候，古拉不時想起自己的妻子努莎和女兒亞比，他難得對自己的作品感到安心。直覺告訴他，雲怪獸一定會非常喜愛。

3

慶典前夕

慶典活動前一天，大家拼命忙到最後一刻。美麗的彩虹旗幟、布條完成了，明天在清晨的春風吹拂下，一定如同少女的長花裙，隨著輕快的舞蹈翩翩飛舞，好看極了。

雲怪獸和寶寶的雕像也完成了！莎卡的手藝真是巧妙，雖然是木雕像，但雲怪獸身上的雲彩彷彿正在流動著，木雕雲怪獸望向雲怪獸寶寶的雙眼，盈滿慈祥的母愛。

「真是傑作呀。」古拉忍不住稱讚。

「哈！哈！」莎卡大笑了兩聲，說：「雖然有點不好意

思，但我自己也很滿意！」

努莎挽著古拉的手說：「明天，一切都會很完美的。」

古拉臉上緊繃的線條總算鬆開，「是這樣嗎？」

「嗯。」

古拉安心了，露出微笑。

說實話，古拉自己也覺得很完美。

剛剛帶著所有的孩子進行獻唱前的最後一次練習，非常順利。每天一次又一次的反覆練習，沒有一個孩子喊累。孩子們如天籟般的歌聲，更讓古拉深深以他們為榮。

雖然練習得那麼認真而辛苦，慶典前夕，村裡所有的孩子都失眠了。

每個孩子像是毛毛蟲一樣，在床上扭來扭去；當天色微微發亮，他們就等不及從棉被裡破蛹而出，變成蹦跳個不停的小蟋蟀、小蝴蝶。

今天是慶祝的日子！

狂歡的日子！

屬於偉大的雲怪獸和雲怪獸寶寶的日子！

早春的清晨，空氣裡仍有冬天依依不捨的涼意。

古拉一家最早出門的，是負責慶典美食團領班的努莎。天還未亮，她就得到廣場旁，和彩虹谷的美食團一起動手準備慶典食物。

亞比吵著要去幫忙，但努莎還是希望她再多睡一會兒，才會長得又高又健康。

看著媽媽在夜色中提著燈籠的背影，亞比忍不住生悶氣，心想：**人家也想幫忙嘛！我真的、真的很能幹耶！**

燈籠和火把搖曳的火光，在黝暗的天幕下撐起了一片如

同魔法帳篷般的光亮。橘黃色的光影中，白色蒸氣裊裊而升，彷彿溫泉冒出一樣，令人感到溫暖。

努莎和伙伴們嘴上熱絡的討論著今天的菜色，手上的忙碌沒停過。洗的洗、切的切、煮的煮，把睡眠不足的辛苦全都拋到天外去了。一道道的美味佳餚，也在眾人的談笑間，香噴噴上桌。

天剛剛亮，更多的谷民陸續來到廣

場上，也帶來了更多歡聲笑語。淡而明亮的金黃晨曦，將彩虹谷原本就飽含彩色的一切，鍍上一層光暈，閃閃發光。

古拉的呼息間滿是春天清晨沁涼的空氣，讓他舒暢得瞇

上眼睛。

所有谷民都屏住呼吸，滿心期待的盯著古拉。

古拉深深吸了一口氣，睜開眼睛，笑著宣布：**「彩虹谷春日新生慶典，正式開始！」**

4

新生慶典

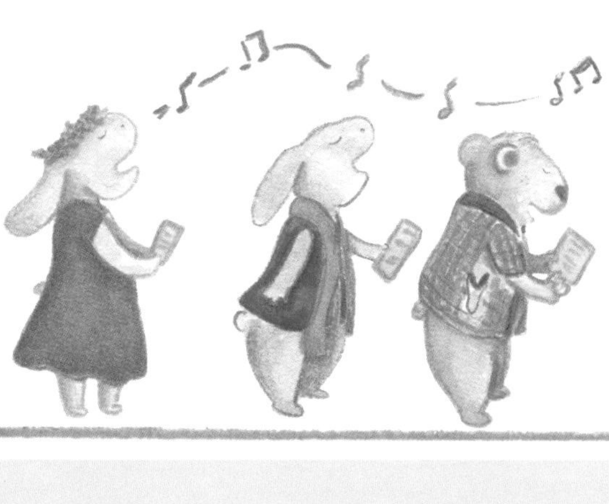

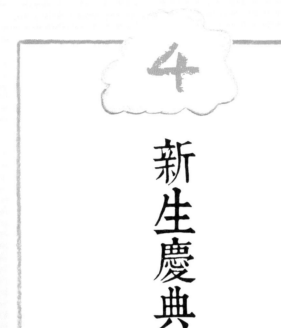

瞬間，魯歐的笛聲和吉本的鼓聲同時響起，引燃歡樂的氣氛。

孩子們全盯著桌上的食物，口水直流。「怎麼還不能吃啊！」嘴饞的葡吉，肚子的咕嚕聲比四周的音樂還要大聲。

這是彩虹谷的傳統。大型的慶典，一定要等雲怪獸蒞臨，在谷民對雲怪獸表達敬意之後，才能開始歡樂。

大家翹首企盼著主角的出現，雲怪獸卻遲遲不見蹤影。往常一聽到音樂，雲怪獸就會現身啊？帶小孩出門果真不簡單，古拉想起當年和努莎成為新手爸媽時的手忙腳亂。

可是……音樂已經連奏了幾百個小節，天空仍舊不見雲怪獸和寶寶的身影。

愈來愈多的谷民，對著古拉投以詢問的眼光，古拉也察覺到不尋常的氣息。

這場慶典，他早已請示過雲怪獸。雲怪獸當時聽了十分高興，頻頻發出「唔——唔——」的讚嘆聲。

巫醫守則第三十六條：雲怪獸已經答應的事，絕對不可囉嗦再提醒一次。

雲怪獸，應該不會忘記吧？

就在大家的引頸期盼，和古拉的忐忑不安中……

「來啦！」

「是雲怪獸！」

「萬歲！」

原本充滿不安的慶典廣場，突然爆出如煙火一樣的歡呼聲。

古拉鬆了一口氣。

可是一看，咦？怎麼不見雲怪獸寶寶？

古拉的臉又變得憂慮起來。

「怎麼會這樣？」大夥兒面面相覷。

只見雲怪獸慢悠悠、悠悠慢的飛著，過了好一會兒，終於來到慶典廣場上空。

接著，雲怪獸嘴巴一張——「**比蹦**——」雲怪獸寶寶發出元氣十足的喊叫聲，從媽媽嘴裡跑了出來，彷彿是雲怪獸和雲怪獸寶寶送的驚喜禮物似的，逗得大家好開心。

「好棒！」大家高聲歡呼，「恭迎偉大的雲怪獸和雲怪獸寶寶。」

古拉馬上施展法術，開始製造雲朵。

「偉大的雲怪獸，請享用。」

雲怪獸寶寶張開小嘴巴，東啃一口，西啃一口，每種雲朵都嘗一點；雲怪獸一口氣狂吞了好多古拉為她製作，最近她特別喜歡吃的藍紫色雲朵。

「嗝——」雲怪獸吐出了一道美麗的巨大彩虹。

「嗝——嗝——嗝——」雲怪獸寶寶吐出了三道可愛的迷你小彩虹。

霎時，音樂聲、鼓聲、歌聲、喧鬧聲齊奏，熱鬧的氣氛，

把春季涼爽靜謐的彩虹谷，煲成了一鍋冒著歡騰熱氣的什錦濃湯。

「好耶！」所有谷民都發出歡呼，因為雲怪獸吐出彩虹後，就輪到大夥兒可以開吃、開喝、開開心心啦！

「開——」古拉還沒說完「開動」，孩子們早就高喊「耶～」，一窩蜂的衝上擺放食物的長桌，開始享受美食。所有的孩子都毫不客氣的展現他們無法壓抑的熱烈期待。

「真拿你們沒辦法。」古拉笑著搖頭。這是一個慶祝新生命來到彩虹谷的慶典，所以，要讓所有辛苦的女性和小孩先取用後，男性才可以用餐。

大家吃著喝著，開心極了。

葡吉貪心的一邊用手抓，一邊大口吞，臉頰鼓得讓臉看起來，幾乎是原來的兩倍大。

「小心噎到！」亞比沒好氣的提醒葡吉，但她自己也是滿口食物。誰能抗拒彩虹谷的美食呢？

鐵米雖然不是女性，也不是小孩，但照樣大方的享受著美食。狼吞虎嚥的模樣，完全不輸給葡吉。

彩虹谷春日慶典的餐點實在太美味了，每張嘴巴都大口大口的品嘗著幸福。

「來，我們來為雲怪獸和雲怪獸寶寶獻唱頌歌。」

眼看時間差不多了，古拉提醒孩子們，準備獻唱〈春日新生頌歌〉。

「唉，好想再吃！」還好，抱怨歸抱怨，孩子們先吃過一輪點心，也知道尊敬雲怪獸的重要，都願意安靜下來。

這是神聖的工作，更是一種榮耀，每個孩子都靜下心來，彷彿換了一個不同的靈魂似的。

「塔斯咪嘎里，達嘻姆達薩，呀嗎絲達低，咿米達瓦！」

「塔斯咪嘎里，達嘻姆達薩，呀嗎絲達低，咿米達瓦！」

悠揚的歌聲緩緩響起。

頌歌的歌詞意思是：「偉大的母親，就像廣闊的天空，美麗的新生命，如同彩虹，誕生於天際。」

臺上的歌手唱得陶醉，臺下的聽眾聽得忘我，古拉心裡有些得意。

抬頭一看雲怪獸，古拉差

點兒掉了拍子，他自認這首曲子很舒緩優美，但這並不是一首晚安曲呀？沒想到雲怪獸竟舒服到瞇起眼睛——睡著了！

「咻呼嚕——呼嚕咻——」雲怪獸突然發出如雷般的鼾聲，幾乎蓋過合唱團的歌聲。

這下子有些尷尬。

我們該繼續唱嗎？孩子們一邊唱著，一邊用疑惑的眼神「問」古拉。

難道，這些音樂對雲怪獸來說，聽起來像催眠曲？

古拉受到打擊。

仔細考慮後，古拉決定按照原來規畫的步調走。

「塔斯咪嘎里，達嘻姆達薩，呀嗎絲達低，咿米達瓦！」

只是，雲怪獸睡著了，那……雲怪獸寶寶呢？

5

亂成一團

「呀——」一陣突如其來刺耳尖叫，解答了古拉的疑惑。

不得了了，原來雲怪獸寶寶在慶典廣場狂飆。

「哇！」

「唉喲！」

「媽呀！」

各種驚嚇聲此起彼落，比春天冒出的春芽更瘋狂。

「請停下來——」古拉舉起雙手，溫和的呼喚著，試圖安撫雲怪獸寶寶。

「汪汪汪！」鐵米也大聲制止雲怪獸寶寶，**你這個壞傢**

伙！別胡鬧！

但雲怪獸寶寶全然沒把古拉和鐵米放在眼裡，更加卯足全力的在群眾和廣場中飛竄。

這裡是我的地盤，你別太囂張啊！今天是大家準備很久的慶典！別想亂來！鐵米兇猛的吠叫，並且開始追趕雲怪獸寶寶。

可是雲怪獸寶寶的速度太快了，鐵米無論如何沒有辦法逮住寶寶。怒氣像是努莎大蒸籠裡的熱氣一樣，從鐵米的身上不斷冒出來。

雲怪獸寶寶所到之處，尖叫聲、慘叫聲、吠叫聲、瓶罐碗盤碎裂聲不斷傳來，整個慶典廣場陷入混亂。

古拉站在舞臺上，看著瘋狂失控的廣場，飛快在腦中翻閱巫醫守則，從第一條到第一百零一條，當然，沒有找到任何一條跟「雲怪獸寶寶」相關的規則。

「吼！」

突然，一聲巨響——

所有谷民的動作，凝結了。

所有的蟲鳴鳥叫，也凝結了。

甚至連風和時間也凝結了，整個世界一動也不動。

是雲怪獸醒來了。

而且她看起來，非常、非常、非常生氣。

「壞壞！吼！」

雲怪獸又大吼一聲後，廣場開始上演追逐大戰。

大家從沒想過，雲怪獸竟然能用那麼快的速度移動。

「吼！壞壞！」

雲怪獸看起來氣瘋了，身上的雲絮如同驚濤駭浪般劇烈的翻湧滾動。

只是，雲怪獸的速度雖快，雲怪獸寶寶的速度更快。

一開始，雲怪獸寶寶似乎被媽媽發怒的模樣給嚇壞了，但追逐一陣子之後，覺得這樣做很好玩，便故意跑給媽媽追。

兩隻雲怪獸從地上追到天上，再從天上追回地上，最後在慶典廣場狂亂的穿梭飛竄。

大家爭相走避，來不及走避的則嚇得趴地抱頭發抖。

「偉大的雲怪獸，雲怪獸寶寶，請冷靜下來——」古拉試著大聲呼求，但兩隻雲怪獸似乎完全聽不見。

不知過了多久，雲怪獸終於停了下來，不斷大口大口的喘息，雲朵般的身體卻變得像是快要融化的牛奶冰淇淋，看起來狼狽極了。

結果，雲怪獸寶寶停在不遠的地方，竟然嘻皮笑臉，彷彿還在等媽媽玩好玩的遊戲。

雲怪獸身上的顏色漸漸從白轉灰，從灰轉黑……裡頭隱

隱傳來悶悶的雷聲。

「跑！回到屋子裡！」古拉驚覺不妙，連忙朝著谷民大吼。大家聽了，驚慌失措的拔腿就跑。

雲怪獸身上的雲彩，現在變得比沒有星星和月亮的夜晚還要黑了。

「吼——吼——！」雲怪獸從喉嚨深處發出低吼，空氣和大地都在顫抖。雲怪獸的表情，像是世界末日。

直到此刻，雲怪獸寶寶才被媽媽的反應震懾住了，嚇得躲到雲怪獸的木雕像後頭。

「偉大的雲怪獸，請息怒！」古拉不斷試著安撫雲怪獸，並且吟唱起古老的安撫頌歌：

「嗯咖斯哩咖，薩痲佳，鎢絲埔里，撒李咖！」

要是雲怪獸繼續發怒下去，恐怕後果不堪設想。

古拉靜下心，把所有的擔憂和害怕放下，彷彿全世界只剩下他和雲怪獸。他專心吟唱安撫雲怪獸的〈平靜頌歌〉。

雲怪獸原本就快要失去控制，不知道是不是古拉的頌歌奏效，雲怪獸突然發出一聲沉沉的「嗚……」，彷彿是在嘆息，接著轉身離去。

慶典廣場一片靜悄悄，沉滯的靜謐讓谷民探出頭來，小心翼翼的從窗口偷覷，慢慢的，大家才敢從屋子裡出來。

「到底怎麼回事？」

「雲怪獸還好嗎？」

「雲怪獸寶寶好像……很……活潑？」

說到這裡，那麼雲怪獸寶寶又跑到哪去了呢？

古拉趕緊跑到木雕像後面尋找，雲怪獸寶寶卻早已不見蹤影。

每個人都在問古拉：雲怪獸怎麼了？雲怪獸寶寶去了哪

裡？雲怪獸不喜歡我們的安排嗎？

古拉只能苦笑，他沒有答案。

6

自責的古拉

當大家失落的收拾著眼前的一片混亂時，古拉獨自前往探視雲怪獸。

雲怪獸不喜歡人家打擾，可是現在是非常時期，古拉只得硬著頭皮去關心雲怪獸。他還抱著一絲期盼，希望雲怪獸寶寶已經回到媽媽身邊。

雲怪獸果然又回到平常休息的地方，那是紅椒山的一處山凹，雲怪獸最喜歡的地方。古拉不敢輕易靠近，只能從遠處悄悄觀察。

只見雲怪獸無精打采的趴著，像一灘化掉的牛奶冰淇

淋。古拉從沒見過雲怪獸這麼沮喪。

自責和懊惱讓古拉紅了眼眶，為什麼沒有早一點注意到雲怪獸不尋常的表現？只怪自己一直沉醉在有兩隻雲怪獸的得意中。

對了！雲怪獸寶寶呢？古拉慌忙搜索四周，這裡……只有雲怪獸。糟了！難道雲怪獸寶寶走失了？在古拉記憶中，雲怪獸寶寶沒有離開過媽媽身邊。

為什麼雲怪獸寶寶今天會這麼頑皮呢？是因為參加慶典太興奮嗎？或者，寶寶一直這麼頑皮？

可是，雲怪獸只為了這件事情，就發這麼大的脾氣嗎？

古拉的腦筋飛快的轉著……

他又想起，最近雲怪獸只吃某些雲朵，明顯的偏食。

仔細想來，雲怪獸不僅偏愛藍紫色的團狀雲朵，而且食量驚人。

古拉驚覺自己的疏忽，他一直以為只有不吃東西才是生病，就像上次雲怪獸因為味蕾出問題而吃不下。但其實，偏食和暴飲暴食也是一種不健康的徵兆。

身為巫醫，只看見雲怪獸跟著雲怪獸寶寶不停的跑來跑

去，就覺得雲怪獸充滿活力，心情愉快。他只顧著為了雲怪獸生寶寶開心，卻沒想到這個可能，實在太失職了。

他想做點什麼來幫助雲怪獸，卻不知道該怎麼辦才好。

——也許做一些雲怪獸喜愛的雲朵？又擔心光吃藍紫色的雲朵，營養太不均衡。

——或者唱歌給雲怪獸聽？又怕雲怪獸沒心情，說不定惹得她更不高興。

「唔——」

正當古拉苦惱不已的時候，雲怪獸突然起身，飛上天空，在每一座山之間來回穿巡，神色慌張。

雲怪獸很明顯的在找什麼，一定是在尋找她的寶寶！

可是，雲怪獸寶寶倒底跑到哪裡去了呢？看著雲怪獸不斷尋找寶寶的模樣，古拉好心疼，又無能為力。

或許，大夥兒可以想辦法幫忙找雲怪獸寶寶！

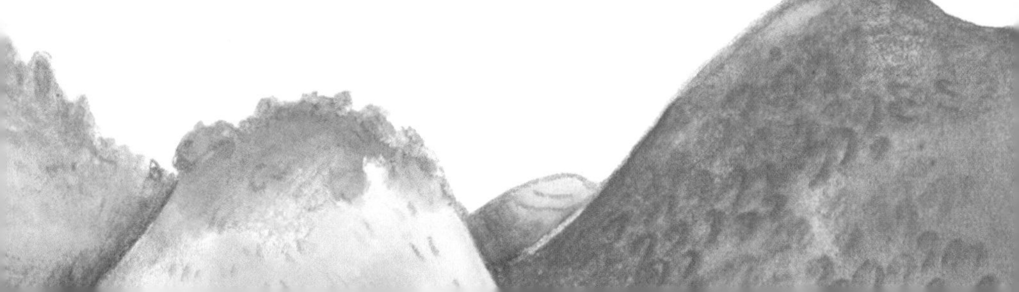

想到這裡，古拉連忙加緊腳步趕回村子；相信谷民也會十分樂意幫忙。

7

葡吉的意外訪客

彩虹谷的谷民，為了慶典忙了好久好久，不料發生今天的狀況。把慶典廣場收拾完畢之後，大夥兒都感覺比連續做了一整個夏天的農活卻毫無收成，更加疲累沮喪。他們拖著沉重的步伐回家，只祈禱不要再有什麼令人難受的事情發生了。

一早還熱鬧滾滾、充滿盛夏熱力般的彩虹谷，現在卻染上深秋的落寞蕭瑟。

原本想好好見識見識彩虹谷的新生慶典，卻飽受驚嚇的

葡吉一家，在幫忙收拾完畢之後，全都癱軟在各自的房間裡。

葡吉不像爸爸、媽媽那麼受打擊。比起害怕雲怪獸發怒，他覺得那些被打翻的美食才真是可惜。

「可惡，我才吃到一種口味的透心涼果凍耶！三色花蜜蛋糕也才吃了一塊。」

「話說，雲怪獸真的超可怕的……」葡吉碎念，「比媽媽生氣的時候還恐怖，真不知道彩虹谷的大家，為什麼這麼愛她。」

不過，這話可不能被亞比聽到，不然又要被她教訓一頓了。想起亞比蹙著眉教訓自己的模樣，葡吉嚇得趕緊閉嘴。

他拿了一包月亮鳳梨乾，打算躺在床上享受，彌補一下受傷的心。能夠一邊睡覺，一邊吃零食，是葡吉得意的本事，連亞比都佩服得直搖頭。

吃著吃著，他覺得有一點不對勁……

好像有誰正湊在他臉旁呵氣，有一股微微的、小小的、涼涼的氣息。

是小精靈嗎？

小精靈很害羞，幾乎都待在床底下，等到房間沒人才敢

出來活動，怎麼今天這麼熱情？

「別鬧啦，今天很鬱悶，我想睡一下，要吃鳳梨乾自己拿。」葡吉說完，翻個身繼續睡。

可是，小精靈還是不斷呵氣。甚至，有個鬆鬆涼涼的東西貼到了他臉上，讓葡吉惱怒起來。「你是怎麼回事，我已經夠煩的啦！」

「得要好好教訓你這個搗……」葡吉睜開眼睛，瞪大他的瞇瞇眼，沒想到映入眼簾的竟是——另一雙骨碌碌的小眼睛！葡吉嚇得瞬間從床上彈得老遠，像一顆從種子莢中彈射

出去的種子。

「哇呀！」葡吉嚇壞了，「有妖怪……有……咦？雲怪獸寶寶？」

「阿嗚——」雲怪獸寶寶一聽葡吉喊他，立刻又湊過來，親密的磨蹭葡吉的臉。

葡吉慌忙指著窗戶說：「你趕快回家去。」

可是，無論葡吉怎麼閃躲，怪獸寶寶就是興味盎然的跟著他，磨磨蹭蹭，一副跟葡吉很麻吉的模樣。

糾纏了好一會兒，葡吉雖然害怕，但仔細一看，雲怪獸

寶寶實在很可愛，又一臉無辜，跟在慶典時失控爆衝的樣子，完全不一樣。

「真傷腦筋啊——你不用回家嗎？」葡吉說：「你媽媽應該在等你吧？」

「咘咘嚕——」雲怪獸寶寶聽到「媽媽」，馬上躲進葡吉的被子裡，只露出兩隻害怕的眼睛。

想起雲怪獸發飆發出的怒吼，葡吉打了個哆嗦。

「唉呀！你一定是怕被罵，所以不敢回家吧！」葡吉有些心軟。

「我了解你的心情。要是我媽媽那麼兇，我也不敢回去。」葡吉說。「我也很怕我媽媽生氣。」

既然來了，就是客人，葡吉決定招待一下雲怪獸寶寶。

「不過，我不會法術，沒有辦法變雲朵給你吃耶。」葡吉嘆了一口氣，他好想當巫醫喔，會法術真的好帥氣。「我手邊只有月亮鳳梨乾，你要吃嗎？」

「比咻——」雲怪獸寶寶聽了，立刻從棉被裡鑽出來。

月亮鳳梨乾是將彩虹谷夏季特產的「月亮鳳梨」風乾後

做成的果乾。月亮鳳梨成熟的時候，會在夜晚發出淡淡如同月光一樣的光澤，因此得名。

沒想到雲怪獸寶寶似乎很喜歡月亮鳳梨乾，卡滋卡滋、小口小口的咀嚼著，簡直像隻毛茸茸的小兔子。

「應該不會拉肚子吧？」葡吉心中隱隱覺得不妥，但又覺得應該好好招待這個可愛又尊貴的小客人。

雲怪獸寶寶開開心心的吃著，接著打了一個有鳳梨味道的嗝，卻沒有彩虹。

「啊！吃果乾果然沒辦法吐彩虹……」葡吉有點失望。

雲怪獸寶寶一下子就把月亮鳳梨乾吃光，接著一掃剛才的失落，開始在葡吉的房間裡好動的飛過來、飛過去，東碰西碰，撞倒了不少東西。幸好葡吉的房間本來也就亂糟糟，所以無論雲怪獸寶寶怎麼胡鬧，他也不覺得難受。

「雲怪獸寶寶真可愛，就暫時讓他避個難吧。」葡吉看著可愛的雲怪獸寶寶，像個疼愛弟妹的哥哥一樣。

「好吵喔！葡吉，怎麼回事？」住在床底下的小精靈被吵得睡不著，探出頭來查看。一看到雲怪獸寶寶，立刻嚇得

臉色發白，瞬間又縮回床底。

「小精靈，不好意思，我有客人，請你暫時忍耐一下喔！」葡吉有些歉疚的說。

「葡吉，你在做什麼啊？怎麼這麼多怪聲音？」葡吉的爸爸皮魯打開房門進來關心。

「哇——」一見到雲怪獸寶寶，皮魯嚇得跌坐在地板慘叫，「孩子的媽！孩子的媽——」

「什麼事情又大驚小怪的啊？你叫得也太誇張了吧！」

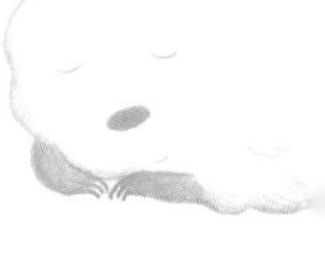

葡吉的媽媽緹拉聽見老公的慘叫，沒好氣的上樓來查看。「真是的，都已經夠累的了……」

一抬頭，只看見雲怪獸寶寶對著自己傻笑。

「哇——」緹拉也慘叫一聲，跌坐在地上。

不久前，他們也才目睹了雲怪獸爆走的模樣。雲怪獸實在是太令人敬畏、太可怕了。

「爸爸、媽媽，你們也太誇張了，他很可愛啊。」葡吉覺得爸爸、媽媽實在太搞笑了。

「葡……葡吉……為……為什麼……雲……雲怪獸小王子……還

是小公主……會……會在我們家？」皮魯話都快說不清楚了。

「要是雲怪獸找上門來，誤會我們把寶寶藏起來，那就慘啦！」緹拉歇斯底里的大叫。

才這麼想的時候，窗外的光線突然暗了下來。

一看，竟然是——雲怪獸！

雲怪獸平時很少飛進村子裡，更從未到過葡吉家。

她的眼睛，正瞪視著房間裡的一切。

「雲……雲……雲怪獸大人……您……您好。」

本想叫老公去應付，但皮魯已經嚇得在牆角縮成一團，緹拉只得發著抖，勉強自己面對雲怪獸。

「快回去吧，媽媽來了。」葡吉小小聲催促雲怪獸寶寶，方才想要收容雲怪獸寶寶的念頭，頓時消失得無影無蹤。

「比姆！」雲怪獸寶寶看見媽媽，一開始露出驚喜的表情，但一見雲怪獸板著一張陰沉的臉，還有不斷變黑的身體，立刻又躲進葡吉的棉被裡。

「哇！完蛋了！」葡吉一家抱在一起，以為雲怪獸要暴怒了，結果出乎意料的，雲怪獸卻轉頭飛離。

「不妙不妙，我們趕快去找古拉！」一見雲怪獸離開，葡吉的爸爸、媽媽匆匆忙忙、慌慌張張的拉著葡吉，快步跑到古拉家去。

黏著葡吉的雲怪獸寶寶，當然也一起到了古拉家。

8

亞比家的客人

當古拉帶著滿身的疲憊和遍尋不著雲怪獸寶寶的苦惱回到家，一進門，就看見皮魯、緹拉、葡吉、亞比和妻子努莎，全都擠在小客廳裡。

咦？還有——雲怪獸寶寶！古拉嚇了一大跳的同時，也鬆了一口氣。

「古拉，怎麼辦？救救我們呀！」皮魯和緹拉一見到古拉，同時慌忙站起，迎了上來，皮魯還急哭了。

「啊，請先喝口茶，慢慢說。」事情不太尋常。儘管已十分疲累，古拉還是溫和友善的招待朋友。

緹拉讓葡吉說明發現雲怪獸寶寶的過程，接著又結結巴巴的說了雲怪獸到家裡來的事情。

聽完對方的話，古拉雖高興，卻又產生新的苦惱。高興的是，雲怪獸寶寶並沒有失蹤，而雲怪獸也知道了，寶寶就在葡吉家，應該可以稍微安心。苦惱的是，雲怪獸寶寶看來並沒有回家的打算。

「別著急，雲怪獸不會傷害彩虹谷的谷民。事實上，她也從來沒有這樣做。」古拉安慰這對朋友。

「你們剛才是說，雲怪獸找到了雲怪獸寶寶，但是雲怪

獸寶寶不願意回去，是嗎？」努莎問。

皮魯和緹拉摟著彼此，拼命點頭。

「那雲怪獸是什麼表情呢？」

「很可怕！」緹拉不敢回想，「就像今天早上慶典時生氣的樣子。」

「……」努莎微微低頭，好像在思索什麼。「不如，就讓葡吉暫時住到我們家吧！」努莎提議。

「這樣似乎有點不好意思欸……」葡吉的爸爸、媽媽看著對方。

古拉正想再說點什麼，原本頹喪無助的葡吉爸媽，頓時眼神發亮，從椅子上彈了起來，分別握住古拉和努莎的手，眼神充滿感激的說：「謝謝你們，那葡吉就麻煩你們了！」

下一刻，他們就匆匆離開，留下還來不及反應的古拉，和滿臉笑容的努莎。

事情就這樣定下來了。

陰錯陽差能在亞比家過夜，葡吉本人對於這個意外的發展感到非常高興。

亞比也很高興。之前葡吉一家暫住她們家時，亞比和葡吉每天晚上都聊個沒完，他們一直很期待還有機會能夠一起過夜。

雖然慶典搞砸了很難過，但有好朋友來家裡過夜，也不錯呀！

爸爸、媽媽總說要幫她添個弟弟或妹妹，卻一直都沒有實現，因此最要好的朋友葡吉要來家裡住，讓亞比超級興奮，更何況他還帶來了尊貴又可愛的雲怪獸寶寶！

努莎很快幫葡吉鋪好了床，準備好了寢具，還為雲怪獸

寶寶準備了一張鋪滿青草的小床——即使他們並不確定，雲怪獸寶寶喜不喜歡。

經過半天的混亂，事情總算稍稍告一段落。

努莎知道古拉一定又想著要馬上稟告雲怪獸，寶寶已經找到了。於是，她連忙拉著古拉坐下，要他先喝杯茶，稍稍休息一下。

「第一次當媽媽，雲怪獸一定很不習慣。」努莎說。

「唉！」古拉沮喪的垂下頭。

「大家都沒有注意到雲怪獸的異樣，也包括我在內，你不要太自責。」

深知古拉個性的努莎，早就看穿了古拉的心事。她安慰古拉說：「畢竟，你是第一次面對雲怪獸生寶寶的狀況，誰都不知道該怎麼協助雲怪獸照顧寶寶。」

聽完妻子的話，古拉心裡稍稍好過了一點。

努莎說得沒錯，大夥兒都只想到雲怪獸有了寶寶很開心，但從沒想過，神聖又強壯的雲怪獸所面臨的改變。自己是負責照顧雲怪獸的巫醫，應該要比其他谷民更細心觀察雲怪獸的情緒才對。

「古拉叔叔，應該還有另一隻雲怪獸吧？」葡吉突然問。

「我也覺得有，」亞比附和，「要有爸爸和媽媽才會生寶寶啊，一定還有一隻公的雲怪獸。對不對，爸爸？」

「嗯……」古拉很想回答，但他沒有答案，「爸爸也不清楚耶。」

在彩虹谷巫醫的密室裡，所有的典籍都只記錄著一隻雲怪獸的事蹟，彷彿雲怪獸從遠古以來就是這個模樣。

根據歷史，雲怪獸恐怕早在最先來到彩虹谷的谷民之前，就已經存在了。

對於雲怪獸的出生、童年、有沒有同伴？她現在到底幾歲了？典籍中都沒有紀錄。

古拉一直以為，雲怪獸是獨一無二的。但現在，他不太確定了。

「這麼說來，我們可能也沒辦法知道，雲怪獸寶寶是男生、還是女生了吧？」葡吉邊說邊觀察雲怪獸寶寶。

「葡吉，不可以這樣！沒禮貌！」亞比連忙阻止。「不

管是男生還是女生，都一樣可愛。」

「我知道啦！我只是想知道，雲怪獸寶寶是男生還是女生而已。」葡吉覺得亞比又小題大作，這根本沒什麼。但他最怕亞比發飆，所以決定等有機會再偷偷研究。

「如果這麼多年來，雲怪獸都沒有改變，那麼雲怪獸寶寶要長大成為大雲怪獸，需要多久的時間呢？」亞比又問了一個問題。

「呃……」這真是一個好問題，但古拉仍舊沒有答案。

「如果幾千年都是這個樣子，那麼雲怪獸寶寶恐怕要很久很

久以後，才會長成大雲怪獸。」

「可是，鐵米一下子就從狗寶寶變成大狗了呀。」亞比說。

「的確是這樣呢，哈哈！」古拉搔搔頭，「爸爸真的也不知道哪。」

看著雲怪獸寶寶傻呼呼的可愛模樣，還真難想像，哪天小寶寶會變成超大的雲怪獸。

「真希望雲怪獸寶寶永遠都不要長大，可以一直陪我們玩。」葡吉說。

「對呀！」亞比附和。

「我想，雲怪獸一定是因為很努力在照顧寶寶，有些累了。」努莎喃喃自語。

雲怪獸寶寶、亞比和葡吉，似懂非懂的看著努莎，然後繼續玩了起來。雲怪獸寶寶讓他們又親又抱，簡直就像他們家新生的小寶寶。

「好——可——愛——喔——」亞比的聲音有夠誇張。

一旁的鐵米，心裡覺得酸酸的。印象中，亞比已經好久好久沒有這樣子對自己說話了。

鐵米趕緊躺在地上，擺出自己最可愛的模樣，想要引起亞比的注意，結果差點兒絆倒葡吉。

「唉喲，鐵米，你不要亂躺，擋到路了啦！」亞比連看也沒看鐵米一眼，繼續不停的說著：「雲怪獸寶寶最可愛了！」

鐵米連忙翻過身趴好，心中覺得好難堪，但亞比根本沒在意他。

這雲怪獸寶寶哪裡像寶寶了？

根本就是個無賴！什麼都不會，只會裝可愛！鐵米不、喜、歡！

9

媽媽的對話

「古拉，我可以跟你去看一下雲怪獸嗎？」努莎微笑著問古拉，邊說邊站起身，像是馬上就要出門的模樣。

「啊？現在？你？看雲怪獸？」古拉魯直的木頭腦袋，轉不過來。為什麼努莎也想去看雲怪獸呢？

「我有些話想對雲怪獸說。」努莎微笑的時候，眼睛像兩條彎彎的魚。

「這……這樣好嗎？」雖然從來沒有規定，只有巫醫能跟雲怪獸直接說話，但古拉還是有點猶豫。

「我想她應該是第一次當媽媽，太緊張又太累了，就讓

我去看一下嘛，好嗎？」

古拉知道妻子試著為他解決煩憂，而他從來就無法抗拒妻子溫柔的笑容。

「嗯……」古拉原本緊繃憂慮的面容，一下子緩和下來。

「亞比，爸爸和媽媽出門一下，你們要好好照顧雲怪獸寶寶喔！」努莎溫柔交待亞比。

「好！」

「鐵米，家裏也麻煩你囉！」古拉對鐵米說。

「汪！」鐵米心想，**沒問題，我一定不會讓這個搗蛋鬼**

亂來的！

「有鐵米在真安心。」努莎也笑著稱讚鐵米。

古拉和努莎，一下子就在紅椒山上找到了雲怪獸。

雖然隔著一段距離，但他們注意到雲怪獸身上，現在是一種複雜又奇妙的灰色，就像是把生氣、沮喪、有氣無力、疲倦通通揉在一起的灰。

「古拉，請讓我單獨和雲怪獸說說話吧！」努莎的請求，讓古拉十分意外，他瞪大了眼睛說：「這樣不太好吧？」

「沒關係，你別擔心，我相信不會有事的。」努莎輕輕

握了握古拉的手後，逕自轉身朝雲怪獸休息的山凹走去。

「別跟過來喔！」努莎對古拉回頭一笑。

果真是不放心，正踏出一步想跟上去的古拉，這時露出苦笑。

「真拿你沒辦法……」古拉只好在樹下找了塊石頭靜坐，試著讓自己不那麼焦慮。

「偉大的雲怪獸，抱歉打擾您。希望您不介意我和您說說話。」努莎來到雲怪獸身旁，盤腿坐下。

雲怪獸雖然閉著眼睛，但似乎並不排斥。

「我以前照顧亞比，也常常覺得好累好累喔！有好長一段時間，我一直吃不好，也睡不好。」

聽到努莎這麼說，雲怪獸突然睜開眼睛看向努莎。

「不過，寶寶真的是太可愛了！」努莎給了雲怪獸一個溫暖的微笑繼續說：「而且還好有古拉和其他谷民，以及雲怪獸您的幫忙。」

「唔——」雲怪獸總算有了一點回應。

努莎接著柔聲的說：「所以，請您給我們機會來幫忙照

顧寶寶吧。您的孩子很喜歡葡吉，他們相處得非常好呢！」

雲怪獸半天沒發出一點兒聲響。

若是其他的谷民，或許早就嚇得不敢再說，努莎卻仍以輕柔的語氣繼續說著：「偉大的雲怪獸，我知道您不願意麻煩大家。可是，若您累壞了，那就沒辦法守護彩虹谷啦。」

「……」

「雲怪獸寶寶跟谷裡的孩子處得很好。古拉、我，還有孩子們，都非常樂意照顧雲怪獸寶寶，請您安心。」

雲怪獸還是沉默著。

「有一次，我真的太累了，結果亞比不小心打破花瓶，我忍不住罵了她。她對我說，她最討厭媽媽，還老半天不理我……」努莎說，「那真是我最難過、最傷心的時候了。」

「唔——」雲怪獸的聲音像是安慰，也像是認同。

「孩子總是會回到您身邊的，他知道您很愛他。您只是太累了，需要休息一下下……」

這一番話，竟像奇妙的法術，讓雲怪獸身上的雲朵快速的流動變換著。陰暗的灰色變淡了，開始湧現了各種複雜的色彩，像變幻莫測的雲海。

說著說著，努莎不自覺的想起自己剛當媽媽的時候，那種難以言喻的感覺。

她原本是一位傑出的木工師傅，彩虹谷有許多屋子都是她搭造的。搭木屋原本是她畢生的熱情所在。年輕時，她一心一意想為谷民蓋好多美麗的房子，根本沒想過要結婚、要當媽媽。

和古拉成為夫妻之後，努莎還是十分熱衷搭建、修繕木屋的工作；她甚至親手搭建了和古拉的小屋。

可是，當她肚子裡有了亞比之後，一切就不同了。

亞比在肚子裡的時候，努莎常常嘔吐，吃不下東西，身體好疲憊，經常腰痠背痛，睡也睡不好，當然也沒有辦法再出去工作。

那時候，每當在彩虹谷中散步時，努莎總會一隻手撫著肚子，一隻手指著天上的雲怪獸，對肚子裡的寶寶說：「看哪，那是偉大的雲怪獸——守護彩虹谷的雲怪獸。你看，雲怪獸吐出的彩虹好美喔！」

這時，肚子裡的寶寶總會特別有力的翻滾，讓努莎感到不可思議的幸福。

「偉大的雲怪獸呀，您還記得亞比的名字是您取的嗎？」努莎彷彿自問自答的說著：「那天，當我和肚子裡的寶寶在欣賞彩虹時，您突然飛了過來，對我說：『亞比、亞比——』，我就知道，肚子裡的寶寶名叫『亞比』。能得到您的祝福，真是感謝您。」

生下亞比之後，努莎的肚子輕鬆了，日子卻沒有。

亞比出生時，比一般的寶寶更瘦弱，連喝奶都快喝不動。不只如此，亞比還經常生病，讓努莎好心疼、好擔心。

為了照顧亞比，努莎用了全部的心力。為了要幫亞比準備更健康的飲食，她甚至挑戰最不擅長的烹飪。於是，現在努莎變成了彩虹谷出名的廚藝高手。

有好長一段時間，努莎每天都好累好累、好緊繃好緊繃，擔心寶寶吃不飽，身體不舒服。整天光是餵奶，哄寶寶睡覺，處理寶寶的便便和尿尿，洗她的衣服，時間總是不夠用。

現在，若要她拿起槌子和鋸子來蓋屋子，恐怕她也沒自

信了呢。

然而，亞比好可愛。寶寶對著媽媽微笑的眼神和表情，是努莎見過最美麗的景色。世界上沒有什麼比香香、軟軟的寶寶更棒了。

日子雖然不輕鬆，但看著亞比一點一點的長大，愈來愈健康活潑，有亞比陪伴的日子，比以往任何時候都更幸福，努莎非常確認這一點。對於自己無法再全心投入搭建木屋的工作，她一點都不後悔；亞比勝過世界上的一切。

想著想著，努莎不自覺的哼起了以前經常唱給亞比聽，

哄亞比睡覺的搖籃曲。

一般說來，除了巫醫之外，任何谷民都不能隨便對雲怪獸獻唱。

如果可以，努莎好想要再生一個寶寶啊。可是，好幾年過去，夢想卻都沒有成真，讓她一直感到有些遺憾。

雲怪獸，請保佑我可以給亞比一個弟弟或妹妹喔！努莎一邊唱著，忍不住在心裡祈禱。

「噗——嚕——咻——」

雲怪獸突然發出超大的打呼聲，把努莎嚇了一大跳，接

著忍不住噗哧一聲笑了出來。

古拉看見努莎回來，吃驚的問：「你跟雲怪獸說了什麼？我聽見你的歌聲，接著是雲怪獸的打呼聲。到底發生什麼事了？」

「祕密。」努莎微笑著說。

儘管心中充滿好奇，古拉卻沒追問，他知道努莎做了令人安心的事。努莎雖然不懂法術，但卻有她自己的「魔法」。

他靜靜的牽起努莎的手，什麼話也沒說，一塊兒慢慢的走下山去。

古拉和努莎握著對方因生活而變得粗糙厚實的手，卻只感覺到柔軟和溫暖。

彩虹谷的午後如此美好，玫瑰色的天空，微微閃耀著金光，微風既輕柔又涼爽。

古拉和努莎想起相識的那一天，結婚的那一天，當爸爸、媽媽的那一天，還有在一起的每一天。

不同的兩顆心裡，播映著相同的風景。

10

吃醋的鐵來

就在古拉和努莎牽著手，靜靜往回走的時候，家裡正上映著一場瘋狂的鬧劇。

雲怪獸寶寶聽得懂話，加上長得十分逗趣可愛，讓亞比和葡吉打從心裡喜歡。他們覺得雲怪獸寶寶就像自己的小弟弟或小妹妹一樣。

雲怪獸寶寶在亞比家適應得好極了，在房間裡瘋狂的亂竄、亂鑽、亂翻，亞比和葡吉覺得好逗趣，樂得開懷大笑。

接著，葡吉和雲怪獸寶寶愈玩愈起勁，一起在房子裡衝過來、衝過去，又蹦又跳，大吼大叫，就連平時規規矩矩的

亞比，竟然也跟著大鬧，這真讓鐵米難以忍受。

心煩意亂的古拉，出門前忘了幫雲怪獸寶寶準備雲朵當食物。亞比和葡吉怕怠慢了雲怪獸寶寶，不停拿出他們喜歡的點心和飲料來招待。沒想到，雲怪獸寶寶對月亮鳳梨乾情有獨鍾。

「吃這麼多鳳梨乾，這樣好嗎？」亞比有點擔心雲怪獸寶寶吃太多零食。

可是，一看到雲怪獸寶寶嘴饞的可愛模樣，她又忍不住一直從家裡的櫃子裡，拿更多零食出來。

才一個下午，整個家裡已經亂成一團，抱枕、坐墊四散，紙屑、棉絮滿天飛，地板上到處都是零食。

「汪！汪！汪！」鐵米忍不住出聲阻止。

鐵米心想，**雲怪獸都有奇怪又詭異的**

魔法，一定是雲怪獸寶寶對乖巧的亞比施了什麼奇怪的法術，真可惡！

「汪！汪！汪！」

他的制止完全被忽視，鐵米更生氣了。他可是彩虹谷第一名犬鐵米啊！

「汪汪汪汪汪汪汪！」鐵米用盡全身力氣，大聲吼叫。

「鐵米！你怎麼可以對客人這麼兇！」

沒想到，亞比一回過頭來，竟是幫那個小壞蛋說話，責備自己。鐵米心裡好受傷、好委屈、好生氣。

「他是小寶寶耶，你好歹是哥哥，怎麼可以這麼兇！」

亞比手扠著腰，氣嘟嘟瞪著鐵米。

鐵米從沒看過這麼嚴肅、這麼兇對著他說話的亞比。

鐵米這下子更生氣了，他在心裡發牢騷，**可惡，誰要當他的哥哥啊！**

更可惡的是，雲怪獸寶寶似乎因為亞比挺他，看見鐵米被罵，還在旁邊擠眉弄眼，繼續飄過來、飄過去。

生氣到極點的鐵米，趁著雲怪獸寶寶不注意，猛力一跳、用力一咬……

沒想到，鐵米以為他咬到了雲怪獸寶寶，嘴裡卻輕呼呼的什麼也沒有，彷彿咬到空氣。

雲怪獸寶寶先是嚇了一跳，但發現自己竟然不會受傷，馬上又對著鐵米嘻皮笑臉。

撲了個空的鐵米，又羞又氣。他更加確定，這傢伙果然

是壞妖怪！

「壞鐵米，你好大膽，竟然敢咬雲怪獸寶寶！」見到鐵米的攻擊舉動，亞比大驚失色。

鐵米難過的低下頭，亞比完全不懂自己的心。

突然，鐵米突然感覺到自己的頭上溼答答的。抬頭一看，雲怪獸寶寶正對著他「降雨」。

「哇哈哈哈哈！」葡吉首先大笑出聲。沒想到，亞比也笑了。

「壞鐵米，誰叫你對人家那麼兇。」亞比一邊笑著，一邊指著鐵米。

「那是尿尿嗎？雲怪獸寶寶需要包尿布嗎？」葡吉感到好奇。

「應該不是，之前雲怪獸降的是雨水。」亞比撇下鐵米，回答葡吉的問題。

「沒想到雲怪獸寶寶也會降雨。」看見雲怪獸寶寶降雨，葡吉像是發現了玩具的隱藏功能般驚喜。

「不知道雲怪獸寶寶還會什麼？」

兩個孩子興高采烈的研究起雲怪獸寶寶的本事，卻沒注意到，鐵米已經不在屋裡。

11

彩虹谷搜尋隊

太陽將要下山，彩虹谷即將告別代表白天的彩虹時刻，進入屬於休息時間的「黑色時刻」。

隨著黑夜的來臨，雲怪獸寶寶不再開心玩樂，變得情緒很不穩定，一點點小事都會讓他鬧脾氣。

「雲怪獸寶寶，你怎麼了？」葡吉問。「是肚子餓嗎？還是哪裡不舒服？」

「比姆——比姆——」

「糟糕，會不會是吃太多月亮鳳梨乾了？」亞比也有些緊張起來了，要是雲怪獸寶寶吃壞肚子，自己也有責任。

仔細一看，雲怪獸寶寶看起來還真的有點發黃。亞比趕緊告訴自己，那只是錯覺。

「比姆……比姆……」雲怪獸寶寶一直看著窗外，焦慮不安的飛來飛去。

「雲怪獸寶寶該不會是想媽媽了吧？」葡吉說。

「嗯，有可能。該不會是肚子痛要找媽媽？」照顧寶寶真的很困難啊。寶寶不會說話，只能瞎猜，亞比愈來愈緊張。

「比姆……比姆……」最後，雲怪獸寶寶終於飛出窗外，飛快的朝紅椒山的方向飛去，一下子就消失在葡吉和亞比的

眼前。

「唉呀！沒想到這麼快就回去了。」剛才玩得好開心，葡吉意猶未盡。

「畢竟他還是寶寶嘛……」亞比其實也很失望，但她不忘安慰著葡吉。「我們一直讓他吃鳳梨乾也不是辦法，要是他肚子不舒服，麻煩就大了。」

「也是……」葡吉的語氣裡，仍舊充滿失落。

不過大抵來說，今天真是有趣的一天，亞比心想。雖然

只有短暫時光，但是她覺得自己好像擁有了一個頑皮可愛的小弟弟。

雲怪獸寶寶實在太可愛了，希望他只是想媽媽，沒有肚子痛。亞比看著將進入黑色時刻的夜空出神。

「咦？鐵米呢？」葡吉的問題，把亞比拉回現實。

「鐵米？」

一掃剛剛離開雲怪獸時的放鬆，當古拉趕回到家時，又是一副慌慌張張的模樣，因為他在半路上才想到，出門前忘

了準備雲朵餐給雲怪獸寶寶吃。唉呦，沒看過像自己這麼荒唐的巫醫。

於是夫妻倆難得的浪漫散步，就被硬生生打斷了。努莎雖然感到有點掃興，但自己的丈夫、彩虹谷的巫醫古拉，就是這樣負責任又多慮。她就是喜歡這樣的古拉。

「糟糕糟糕，」古拉急得滿頭大汗，「快快快！」

「咦，雲怪獸寶寶呢？」總算趕回家，雲怪獸寶寶卻不見了，古拉有些反應不過來。

「雲怪獸寶寶好像想媽媽了，一直看著紅椒山那邊，發出『比姆比姆』的聲音，然後就飛出去了。」亞比說。

「原來如此……呼……」古拉還喘不過氣來，看來是不用擔心了。

努莎回到家看見房子裡一團亂，笑著搖搖頭說：「你們到底都和雲怪獸寶寶玩了什麼呀？」

平常亞比和鐵米在家，是絕不可能弄成這樣的。

「阿姨，對不起……」葡吉感到不好意思。

「沒關係，收拾一下就好，難得有好朋友來，亞比很開

心的。」努莎一點也不在意，她很高興葡吉能來和亞比作伴。

「鐵米呢？」古拉注意到鐵米不在。「怎麼沒看見鐵米？」

「剛剛調皮被我吼了一下，他竟然還咬雲怪獸寶寶耶。」亞比告狀。「一定是因為被我罵，又亂鬧脾氣了。」

「鐵米平常不會亂咬東西，為什麼要咬雲怪獸寶寶呢？」古拉不太相信。

「因為……因為……」

古拉和努莎很了解鐵米和亞比的個性，大約猜到了是怎

麼回事。

「亞比，我們去叫鐵米回家吧。」古拉說。

「不乖還耍性子！等一下就會自己回來了啊。」亞比有點賭氣。

「亞比，我們好像對鐵米有點太兇了，還取笑他。」葡吉想到剛剛發生的事情，覺得對鐵米有些抱歉。

「發生什麼事了？」努莎問。

「沒事沒事。」亞比和葡吉連忙搖頭。「我們一起出去找鐵米。」

「鐵米——」

「鐵米！」

「鐵米，回家吃飯囉！」

天色愈來愈昏暗了，僅存最後的一點橘紅色，就要被深灰色吞噬了。再過不久，天就要全黑了。

鐵米從未錯過任何一餐飯，吃飯是他最喜歡的事情。平常只要亞比高聲一呼：「鐵米，吃飯囉！」鐵米小小的身影就會像一顆砲彈一樣，朝他的餐碗疾射而來。

可是今天，不管他們怎麼呼喚，都不見鐵米的身影。

「鐵米通常不會錯過吃飯時間。有點不太對勁。」古拉有些擔憂。

「臭鐵米，鬧什麼臭脾氣。」雖然嘴巴這麼說，亞比其實也擔心起來。仔細想想，她剛剛好像真的對鐵米太兇了。

「鐵米——」亞比繼續呼喚著，聲音有些哽咽。

「真是抱歉，打擾各位休息，請問有見到我們家鐵米嗎？」

古拉語氣滿是歉意，除非不得已，他極少麻煩別人。

「沒有耶……」

「沒有……」

一家問過一家，沒有任何谷民看見鐵米。

這時候，亞比終於忍不住哭了起來。

「亞比……」葡吉看了很不忍心。

「別擔心，我們一定很快就會找到鐵米的。」古拉安慰女兒，但他心裡也感到不安。

村子裡，鐵米經常會去的地方全找不到，連平常和亞比玩捉迷藏的祕密藏身處，也全都落空了。

古拉和亞比的心，沉到了谷底。

「我們來幫忙找吧！」

回頭一看，竟然是吉本和幾位谷民，大夥兒都很關心鐵米失蹤的事。

「這怎麼好意思……」

「這種時候，別說見外的話。」

「是呀是呀！」大家紛紛表示同意。

一股暖意流過古拉和亞比的心。

彩虹谷的黑色時刻向來十分靜謐。

不只雲怪獸到了夜晚就呼呼大睡，谷民平時夜間也極少出門。除了古拉常常為了彩虹谷的大小事務熬夜傷腦筋，大多數谷民都習慣早早入睡。

但今天，沒有人在意，大夥兒還是熱心的出門幫忙找鐵米。

他們有的吃飯吃到一半，有的正打著呵欠準備休息，更有的都已經躺平了，還特意下床出門。

「聽說古拉家的鐵米不見了。」

「什麼？鐵米不見了？怎麼會這樣？我來幫忙找！」

谷民們互相走告。

「鐵米一定遇到麻煩了，今天晚上的烏雲愈來愈厚，恐怕會下大雨，我們得趕快。」人群中傳來令人安心的嗓音。說話的是努瑪爺爺，他年紀已經好大了，卻是彩虹谷最出色的獵人。

的確，這天晚上，天空不知何時悄悄聚攏了滿天的烏雲，沒有一絲光線，這讓亞比和古拉更加不安。

「謝謝您，真不好意思，麻煩您了。」對於要勞駕年長的長輩，古拉感到非常抱歉。但是有努瑪爺爺在，找到鐵米的機會就大大增加。

「說什麼話！」努瑪爺爺抽了一口菸斗。「平時大家受你照顧最多，你最辛苦，難得我們有機會回報你。」

「是啊。而且，鐵米不只是古拉的狗，也是我們的狗，是彩虹谷的一分子。」努瑪爺爺的妻子拉那奶奶說。

「沒錯，鐵米是我們的家人。」谷民們紛紛表示同感。

「亞比，別擔心，爺爺一定會幫你找到鐵米的。」拉那

奶奶慈愛的摸了摸亞比的頭。

拉那奶奶體貼的為大家張羅了雨具，吉本也回家拿了繩索和工具，以備不時之需。

一切就緒後，努瑪爺爺深深吸了一口之後，熄掉了菸斗。菸斗裡，小小的火星熄滅了，更亮的火光卻在努瑪爺爺眼睛裡燃起。原本祥和慈愛的眼睛，此時散發出獵人炯炯有神的堅毅光芒。

「我們出發！」

黑夜裡，尋找鐵米的隊伍出發了，誰都沒說出口，他們心裡全想著同一件事：今天晚上一定要把彩虹谷的鐵米找回來，帶他回家。

原本應該在春夜裡盡情歌唱的春蟲，此時卻安靜無聲，彷彿感受到了谷民心中的擔憂。

一個燈、兩個燈、三個燈……

點點的燈火，在黑夜裡變成了一

群_{ㄑㄩㄣˊ}發_{ㄈㄚ}光_{ㄍㄨㄤˋ}的

小_{ㄒㄧㄠˇ}魚_{ㄩˊ}。

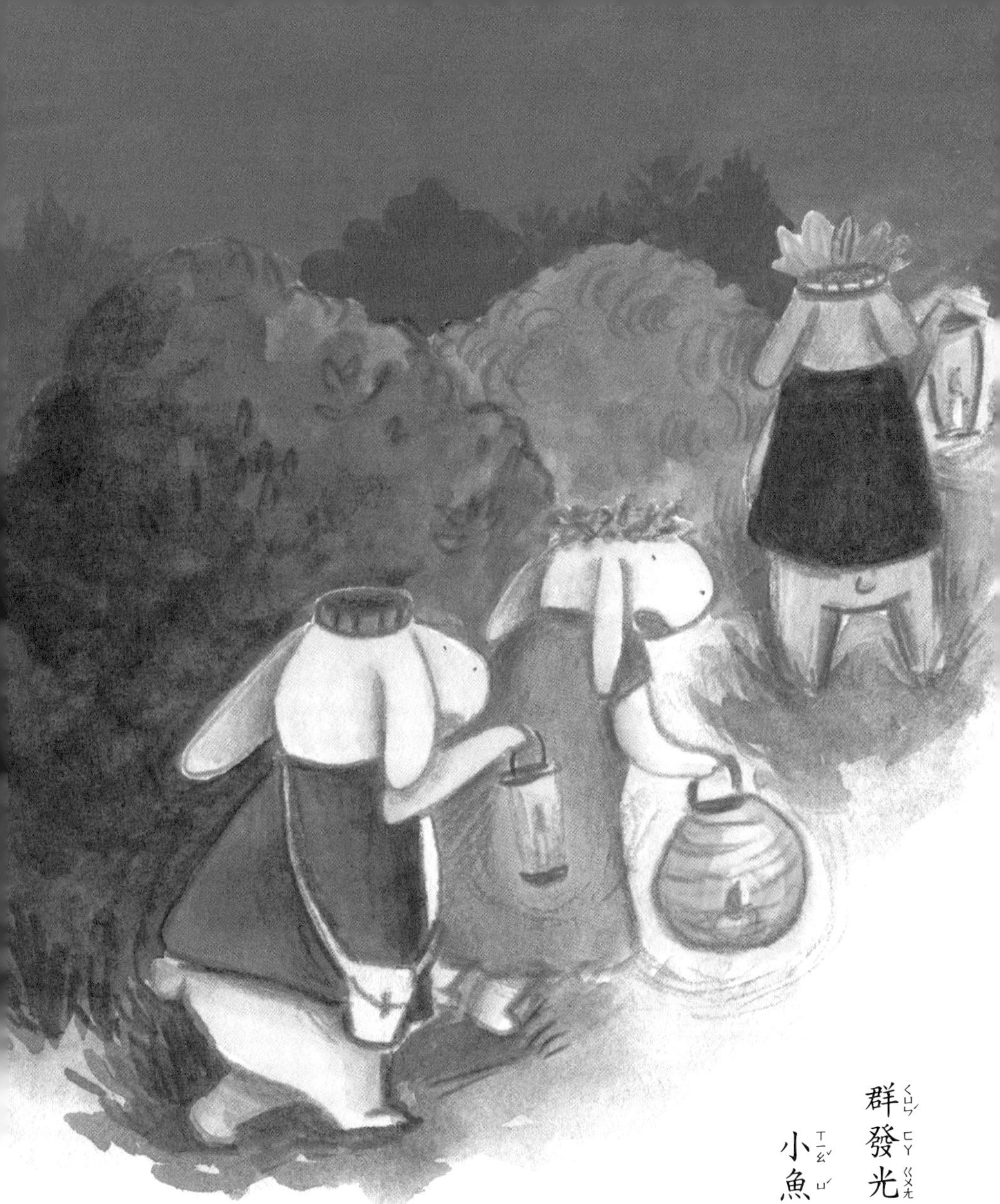

一聲、兩聲、三聲，此起彼落對鐵米的呼喚聲，也在黑夜裡變成了一群聲音的小魚。

光的小魚，聲音的小魚，一起慢慢的朝村外游去。

鐵米究竟去了哪裡？會不會到山裡去了？如果第一座山找不到，就前往下一座；如果下一座找不到，就再前往下一座。

今天晚上，一定把鐵米找回來。

這時候，鐵米到底在哪裡呢？

12

鐵米肚子餓

話說，鐵米一氣之下，從廚房後方他專用的小門跑了出去，離開了家。

在雲怪獸寶寶出現之前，鐵米可是很威風的。他是整個彩虹谷最受歡迎的狗兒，也是最受歡迎的寵物。走到哪裡，大家都會跟他打招呼，說他好可愛、好帥氣。

可是自從雲怪獸寶寶出現之後，所有的風采都被雲怪獸寶寶搶走了。

鐵米無法接受，雲怪獸寶寶又沒有比自己帥氣可愛，一定是用了什麼奇怪的魔法，魅惑了谷民吧！

尤其是亞比，態度簡直判若兩人，差異就像白天和黑夜，山谷和海洋，肥肉和瘦骨頭那樣巨大，實在太令鐵米傷心了！

自己可是陪伴著亞比長大，是亞比的弟弟呢！就算亞比把雲怪獸寶寶當成弟弟或妹妹，鐵米覺得自己也還排得上是哥哥啊！尊敬哥哥，本來就是應該的。

鐵米愈想愈悶，他刻意避開大夥兒，不想被看見。

對彩虹谷瞭若指掌的鐵米，輕輕鬆鬆的就出了村外。他還特意繞了路——他才不想輕易被找到呢！他心想，得費點**時間和力氣才能讓你們找到我，這樣才會知道我有多重要。要是亞比發現我不見，一定會驚慌失措，哭得一把鼻涕、一把眼淚來找我的，呵呵。**

帶著一點興奮，帶著一點得意，帶著一點微微的心酸，鐵米小小的背影，消失在愈來愈濃的夜色裡。

再過不久，黑色時刻就要來臨。

然而這對彩虹谷第一名犬鐵米來說，一點也不成問題。在黑夜的山林裡穿行奔跑，比啃肉骨頭還輕鬆愉快。

其實，鐵米才離開家沒多久就後悔了。

家裡的晚餐有多香啊！他絕不想錯過任何一餐，也從未錯過。

沒什麼比得上努莎和亞比幫他特別煮的鐵米套餐，每天都有不同的變化。

亞比很喜歡看鐵米吃東西，吃得嘴邊沾滿食物的模樣，總逗得她哈哈大笑，想要鐵米乖乖的、慢慢的吃，卻又覺得鐵米大口大口吃的模樣好可愛，沒有一天例外。

這些畫面讓鐵米的步伐慢了下來，鐵米搖搖腦袋，不再想傷心的事。肚子好餓喔……晚餐時間還沒到，光想到會錯過他的特製鐵米套餐，肚子就咕嚕咕嚕大聲抗議。

可是現在回家，要是又看見亞比和雲怪獸寶寶相親相愛的玩在一起，卻對自己那麼兇、那麼冷淡……不！他一定要讓亞比後悔。

我才不要回去呢！我可是最有骨氣的名犬鐵米！鐵米暗

自下定決心。

亞比找不到我，一定會懊惱對我這麼兇，然後緊張兮兮的到處找我吧！鐵米盤算著。**她終究會知道，我是她最重要的寶貝。**

可是，到底要走到哪裡去呢？

左看右看，鐵米選擇了右邊的紫菜山。左邊的紅椒山，雲怪獸就在那裡，他要離她遠一點。

就往紫菜山去吧！鐵米心想，**那是谷民最不常去的地方。**

黑色完全覆蓋天際之前，鐵米已經上了紫菜山。

「咕嚕——」鐵米的肚子發出巨大的聲音，他肚子好餓，好想回家。

不行！怎麼可以這麼沒出息！鐵米給自己喊話。**身為彩虹谷第一名犬，把肚子填飽，根本是小事一樁，不怕！**

肚子好餓的鐵米，決定發揮身藏在身體和靈魂深處的狗狗本能，進行狩獵。十分幸運的，他立刻發現了一隻肥嘟嘟的田鼠，正傻呼呼的吃著甜美的山地瓜。

他壓低身子，不動聲色的靠進——看準目標後，鐵米用

力一撲，沒想到，竟撲了個空。

這隻肥田鼠，不僅沒有怕得逃跑，還在不遠處，捧著肚子笑倒在地。

從未到過紫菜山的鐵米，並不知道這田鼠，可不是一般的田鼠，正是紫菜山裡面最狡猾的肥呼溜鼠。

渾身草屑泥巴的鐵米，惱羞成怒的再度撲擊，肥呼溜鼠卻仍輕輕鬆鬆躲過，得意的對著鐵米搖屁股挑釁，一副囂張的模樣，鐵米不由得想起了那個討厭的雲怪獸寶寶。

可惡！

鐵米已經餓得腿有些發軟，這讓他更加惱火。

他擠出最後一點力氣追了上去……可是，追著追著，距離愈拉愈大。下一刻，肥呼溜鼠突然從鐵米眼前消失。

鐵米喘著氣，停下腳步，可沒打算放棄；他左顧右盼，努力的嗅著，決心找出這不知好歹的肥呼溜鼠。

毫無預警的，肥呼溜鼠像跳高選手般躍入鐵

米的視線，一瞬間，肥嘟嘟的身子又消在前方的草叢中，鐵米不假思索飛撲上去，卻沒注意到，這附近的泥土因為融雪浸潤，溼滑無比。

「唉嗚——」鐵米只覺得腳底一滑，沿著土坡以驚人的速度墜落下去，儘管他拼命的想阻止下墜，但他的腿早就因為飢餓而發軟，加上瘋狂奔跑，更加虛弱無力，而且他還扭傷了腳。鐵米不斷向下滾——滾——滾——最後卡進谷底一道好深好深的岩石縫

裡，撞傷了頭，還動彈不得，只能虛弱的發出唉唉嗚嗚的求救聲。

鐵米好絕望，真不該任性，跑到這裡來的。不僅沒吃到晚餐，還把小命都送掉了，他好後悔啊……

亞比、亞比……意識模糊的鐵米，即使眼睛闔上了，心裡也不斷呼喚著他最愛的亞比。

接著，他最後的一點點聲音，也消失在黑夜裡。

13

發現蹤跡

「快，我發現鐵米的足跡了。」努瑪爺爺不愧是彩虹谷經驗老到的獵人，出了村子不久，便發現了線索。

「太好了，鐵米往哪邊去？」古拉牽著哭紅眼睛的亞比，急切的問。

「看起來似乎是朝紫菜山去了。」努瑪爺爺瞇著眼睛望向一片漆黑的紫菜山。

「每過冬季，融雪就會讓紫菜山裡的路變得難走，原本的路徑可能也會有些改變，大家要小心。」努瑪爺爺提醒大家。

更困難的問題是，今天本就沒有一絲月光。當他們要上山時，天空竟快速的聚攏了烏雲，把整片天空都遮蔽了。山裡變得更黑、更暗了，怎麼辦呢？就算雲怪獸胃口大開，也沒辦法吃光所有的烏雲。更何況，這個時候雲怪獸已經呼呼大睡了。

「希望不會下雨才好。」古拉擔心著。

彩虹谷搜救隊只靠著燈籠和火把慢慢前進。鐵米應該就在山上，他們不能放棄。

由於亞比和葡吉還小，為了怕發生危險，古拉要他們先

回家等。

「鐵米……」亞比搖搖頭，不願意回家，堅持要跟著上山找。她好懊悔，為什麼今天要對鐵米這麼沒耐心呢？葡吉也堅持著要陪著亞比。他也很後悔，沒注意到鐵米的感受。

「別擔心，慢慢走，有我在。」努瑪爺爺對古拉說。努瑪爺爺一句話，就讓古拉安下心來。他們繼續上山搜尋鐵米。

鐵米身體小，能夠在各種灌木叢、草叢中穿梭，增加了

搜救的難度。

夜是如此黑，樹林裡更是陰暗，燈籠和火把的火光，想要照遠一些，立刻就被黑暗吃掉了，只夠照亮伸手可及的範圍。

大夥兒努力的朝四處探查，不放過任何一個角落。

唉呀，即使是經驗豐富的努瑪爺爺，對眼前的狀況也感到棘手。

要是能再亮一些就好了……努瑪爺爺年事已高，眼睛狀況終究比不上從前狀況最好的時候……

偏偏，更糟的狀況發生了。

嘩啦！嘩啦！巨大又密集的雨滴，像是鐵珠一樣傾瀉而下，這可不妙啊！

雨勢不僅來得突然，而且十分猛烈。

燈籠和火把，一下子都被突如其來的大雨澆滅了。雖然準備了雨具，但雨勢實在太大，努瑪爺爺連忙帶領大家找了一處岩縫躲雨。他們被困在原地，動彈不得，狼狽極了。

「等雨小一點，我們再繼續前進。」努瑪爺爺說。

「怎麼辦……」亞比感到非常不安。

「好黑……」葡吉也好害怕。

「別怕，大家都在。」古拉試著安慰他們。

可是，烏雲像是一百層寒冬裡的厚棉被那樣厚重，大雨恐怕一時不會停止，而且愈來愈冷。

如果鐵米在這裡，會不會又餓又冷。

「鐵米……你一定要平安……」想到鐵米可能有危險，亞比抱著爸爸，流淚禱告。

突然之間，大雨停止了。

不對，是只有他們的上空沒有雨，其他的地方仍是傾盆大雨。

怎麼會這樣？太奇怪了。

這時，亞比和葡吉感覺到臉頰有什麼柔軟的東西在磨蹭著，一看，竟是雲怪獸寶寶。

「你不是回去找媽媽了嗎？怎麼會在這裡？」葡吉和亞比又驚又喜。

雲怪獸寶寶蹭著葡吉胸口，葡吉愣了一會兒才意會過來，連忙掏了掏自己胸前的口袋。

葡吉掏出來一看，是一小包月亮鳳梨乾。葡吉無時無刻都在身上偷藏零食，經常藏到自己都忘記了。雲怪獸寶寶是怎麼發現的呢？

葡吉一打開包裝袋，雲怪獸寶寶立刻毫不客氣的吃了起來。

「哇，你也吃太快了吧！」雲怪獸寶寶對月亮鳳梨乾的熱愛，真讓葡吉傻眼。

沒想到，一口氣吃光鳳梨乾後，雲怪獸寶寶的身體開始發出暖暖的黃光。

光線愈來愈明亮，卻不刺眼，雲怪獸寶寶此時彷彿一個超大的燈籠，發出暖暖的光，驅走了四周的黑暗。

「我就知道，你果然有隱藏的本事！」葡吉驚呼。這或許是吃了一整天月亮鳳梨乾累積而來的能量吧？

「太好了，有了雲怪獸寶寶幫忙，這樣我就能看得更清楚了。」視野一下子變得明朗，努瑪爺爺十分高興。

「啊！」在雲怪獸寶寶的亮光照射下，古拉發現，原來天上有一大坨奇怪的雲，幫他們擋住了雨。

不對，那不是雲，那是——雲怪獸！雲怪獸正飄浮在他

們上方，為他們遮雨！

「哇！是雲怪獸，她和寶寶一起來了！」葡吉也發現了，忍不住大喊。

「咦，雲怪獸不是應該在睡覺嗎？」不只是谷民，就連古拉也感到吃驚。

「有雲怪獸幫我們遮雨，真是太感謝啦！」

「謝謝您，雲怪獸，也謝謝雲怪獸寶寶。」在場的每個人，都感覺到被守護的安心。

有了雲怪獸幫忙遮雨，雲怪獸寶寶幫忙照明，努瑪爺爺

順利發揮了頂尖獵人的追蹤本領，找到了鐵米的足跡。

唉呀……該不會掉到山溝裡去了？努瑪爺爺看著鐵米最後的足跡，心裡覺得不妙。

「怎麼了……」古拉發現努瑪爺爺的表情有些凝重。

「鐵米可能掉到山溝裡去了。」努瑪爺爺壓低聲音說。

「那……那……怎麼辦？鐵米會不會……」雖然努瑪爺爺的聲音刻意壓低，但還是被懸著一顆心的亞比聽見了。

「亞比先別慌，叔叔下去救他。」說話的是吉本。他是很有經驗的登山者，經常在山裡尋找美味的食材。攀爬岩縫，

對他來說是家常便飯。

「可是……山溝裡確實有點太暗了。」吉本有些擔心。就算吉本的身手再厲害，山溝又黑又深，要怎麼下降去救援呢？

這時，雲怪獸寶寶飛在前方，似乎在引導吉本。

「雲怪獸寶寶想為吉本照路！」

「太好了！」

吉本將綁在身上的繩索另一頭，牢牢固定在樹幹上，準備下到山溝裡去。

雲怪獸寶寶就跟在吉本的身旁。如此一來，即使是又黑又深的山溝，也能夠看得很清楚。

看著吉本的身影漸漸消失在深深的山溝裡，山溝上方的每顆心都怦怦怦怦，劇烈的跳著。

怎麼過了這麼久還沒消息，真令人擔心呀！時間彷彿過了十幾個彩虹年。

「找到了！」終於從山溝深處，傳來吉本的叫聲。「鐵米沒事！」

聽到鐵米沒事，他們總算能夠放下緊繃的情緒，露出笑容，亞比更是瞬間落淚。

接著，大家連忙幫忙拉繩子，把吉本拉上來。

就在雲怪獸寶寶的光芒照射下，當亞比看被吉本安置在背包裡的鐵米時，心裡滿是激動。

她噙著淚水從吉本手中接過鐵米，緊緊的抱在懷裡。

朦朧的意識中，鐵米知道得救了。

他又冷又餓，頭也好痛，卻連一點聲音都發不出來。他差點兒就沒命了。

鐵米感覺到亞比的溫暖傳遞過來，亞比的眼淚流淌在自己的身上。

鐵米也很後悔，自己不該這麼任性的，更不該懷疑亞比對自己的愛。

不只是亞比，還有古拉，彩虹谷的所有谷民都愛著自己。彩虹谷第一名犬鐵米在心裡發誓，他絕對不會再犯一樣的錯。

亞比緊緊抱著鐵米，不斷流淚，她不應該對鐵米這麼苛刻的。她想起爸爸從野地裡帶回還是小寶寶的鐵米時，她有多疼愛他。那時候，鐵米連走路都走不好，搖搖晃晃的，傻氣得可愛極了。

那時候的鐵米，雖然會到處亂尿尿、亂便便，但還是好可愛。亞比每天餵鐵米吃東西，鐵米每天陪伴亞比，他們一起長大。

鐵米就像自己的孩子，也像自己的弟弟。

「謝謝大家，我們回家吧！」古拉的聲音裡，充滿安慰。

終於找到鐵米，而且鐵米平安無事，彩虹谷搜尋隊的每

位成員，心中洋溢感動。

就這樣，雲怪獸幫忙遮雨，雲怪獸寶寶為大家照路，努瑪爺爺用他沙啞、又富有磁性的暖厚嗓音，帶著大家一起唱著山歌，朝舒服又溫暖的家前進。

悠遠的歌聲，匯集成一條歌聲的河流，在夜裡流啊流，往自己溫暖的家流去，也流進彩虹谷的每個角落。

大夥兒在家門前，互相說晚安，感謝對方今晚的互助相伴，也感謝天上雲怪獸和雲怪獸寶寶的庇祐守護。

古拉和亞比父女最後回到家，鐵米被努莎帶進屋，吃了熱呼呼的食物，蓋上暖呼呼的毯子，呼呼呼的睡著了。

「謝謝您，雲怪獸。」亞比以恭敬的鞠躬禮，表達心中的感謝。

「雲怪獸，謝謝您。」古拉也跟著行禮。「抱歉打擾您神聖的睡眠。」

「唔唔——下午睡飽飽。睡飽飽，睡飽飽唔——」雲怪獸的語調很輕快，神情也非常輕鬆。前一陣子她身上的雲朵，彷彿打結扭緊的棉絮，現在卻是軟蓬蓬的。

雲怪獸看起來和之前完全不一樣，好久沒有看到這麼輕盈的雲怪獸了。

不對，眼前的雲怪獸，比古拉記憶中的任何時候都更加開朗。

雲怪獸寶寶打了個呵欠，看起來想睡了。沒多久，寶寶就趴在雲怪獸的身上，睡得像個小天使。

雲怪獸看著寶寶，露出慈愛平和的表情，似乎很滿意。

古拉這才意識到，這好像是他第一次看見雲怪獸寶寶睡著。

雲怪獸寶寶精力旺盛得可怕，一定讓雲怪獸吃了不少苦頭吧。

「敬愛的雲怪獸，」這時，安頓好鐵米之後，努莎走出屋外，虔敬的對雲怪獸說，「如果您願意，隨時都可以讓寶寶到我們家來玩……」

努莎原本想建議雲怪獸可以藉此休息，但怕雲怪獸聽了不高興，所以把話停下。

「唔——唔——」雲怪獸轉身飛去，發出的唔唔聲，聽起來像是愉快的說著：「好喲，好喲——」

「晚安了，雲怪獸。」古拉一家對著雲怪獸和雲怪獸寶寶說：「晚安了，雲怪獸寶寶。」

今天真是不尋常的一天，但是結束得很幸福。

亞比和鐵米相依而眠。

古拉和努莎相依而眠。

雲怪獸和雲怪獸寶寶也相依而眠。

每個相親相愛的彩虹谷民，都相依而眠。

彩虹谷進入原本該有的靜謐的、黑色時刻。

烏雲不知何時早已散去，滿天的星斗閃耀。滿山遍野的春蟲們，好不容易可以不受打擾，跟隨著彩虹谷民流動的美夢，唱起悠揚的七重唱，織出春天的彩虹樂章。蟲兒們的歌聲悠揚，夜，卻因此更寧靜了。

14

保母家

幸虧及時得救，在古拉一家的細心照顧下，鐵米很快就恢復了健康。

知道是雲怪獸寶寶救了自己，鐵米的心情有點複雜。

但是，他可不是不知感恩的無賴，他是彩虹谷第一名犬鐵米，有恩必報的鐵米！這份恩情，他會牢牢的記在心上，加以回報的。

接下來幾天，雲怪獸和雲怪獸寶寶又像往常一樣，親密的遨遊天際。

古拉再也不敢大意。他經常利用晚上的時間到紅椒山觀

察，赫然發現，雲怪獸寶寶因為怕黑，一步也不敢離開媽媽身邊，但幾乎整晚不睡覺！

雲怪獸根本整夜沒辦法好好安睡，但是她一直耐著性子，陪著雲怪獸寶寶。

果真如妻子預料的，新手媽媽雲怪獸其實過得很幸福，但是也很辛苦。

幾天之後，紅椒山的山凹處突然爆出一陣超可怕的雲怪獸吼聲。

沒多久，雲怪獸寶寶再度出現在葡吉的房間裡。

「你又惹禍了吧？」不需要雲怪獸寶寶解釋，葡吉馬上就猜到了。

雲怪獸寶寶露出可憐兮兮的表情。

「唉呀，你讓媽媽先休息一下，等她氣消吧！我們一塊兒去亞比家玩。」

「唔比！」聽到要去亞比家玩，雲怪獸寶寶馬上露出興奮的歡呼聲，立刻忘了惹媽媽生氣的事。

現在，每個星期至少有一天，雲怪獸寶寶會來到葡吉身邊，接著葡吉就會帶著他去找亞比，直到天黑才回家。

葡吉和亞比，成了雲怪獸寶寶的保母。

利用雲怪獸寶寶到「保母家」的時候，雲怪獸就可以好好的睡覺，或者悠悠哉哉的休息。

傍晚，當怕黑的雲怪獸寶寶回到媽媽身邊時，雲怪獸又會變回非常溫柔的媽媽。

喔，對了——

雲怪獸寶寶和鐵米變成了好朋友……嗯，應該算吧。

不過，他們還是常常吵架就是啦！

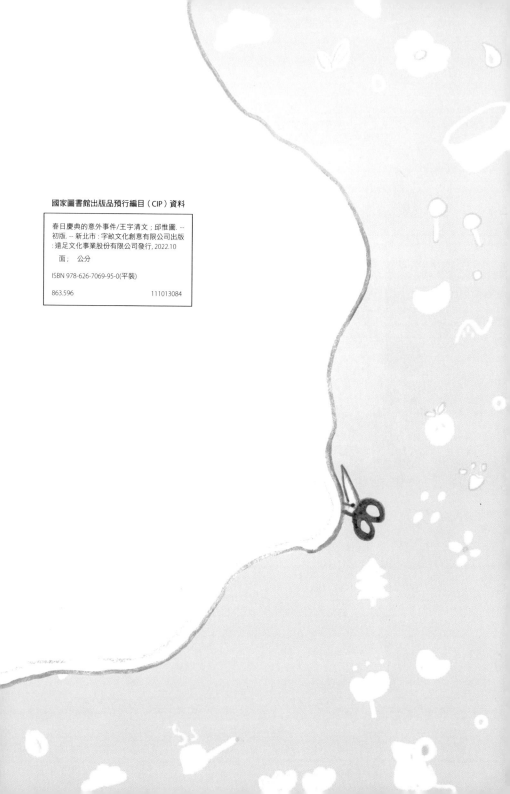

國家圖書館出版品預行編目（CIP）資料

春日慶典的意外事件/王宇清文；邱惟圖. --
初版. -- 新北市：字畝文化創意有限公司出版
：遠足文化事業股份有限公司發行, 2022.10
面； 公分

ISBN 978-626-7069-95-0(平裝)

863.596 111013084

XBSY0046

彩虹谷 雲怪獸系列

春日慶典的意外事件

作者｜王宇清
繪者｜邱　惟

字畝文化創意有限公司
社長｜馮季眉　編輯｜陳心方
特約編輯｜洪　絹　美術設計｜劉蔚君

讀書共和國出版集團
社長｜郭重興　發行人暨出版總監｜曾大福
業務平臺總經理｜李雪麗　業務平臺副總經理｜李復民
實體通路協理｜林詩富　網路暨海外通路協理｜張鑫峰
特販通路協理｜陳綺瑩　印務協理｜江域平　印務主任｜李孟儒

發　　行｜遠足文化事業股份有限公司
地　　址｜231 新北市新店區民權路 108-2 號 9 樓
電　　話｜(02)2218-1417
傳　　真｜(02)8667-1065
E m a i l｜service@bookrep.com.tw
網　　址｜www.bookrep.com.tw
郵撥帳號｜19504465 遠足文化事業股份有限公司
客服專線｜0800-221-029
法律顧問｜華洋法律事務所 蘇文生律師
印　　製｜中原造像股份有限公司

2022 年 10 月　初版一刷
定價｜350 元
ISBN｜978-626-7069-95-0
EISBN｜9786267200247(PDF)
9786267200254(EPUB)
書號｜XBSY0046